力
十
文化

LA [喇賽] SIGH

作者：李明德 · 插畫：劉鑫鋒

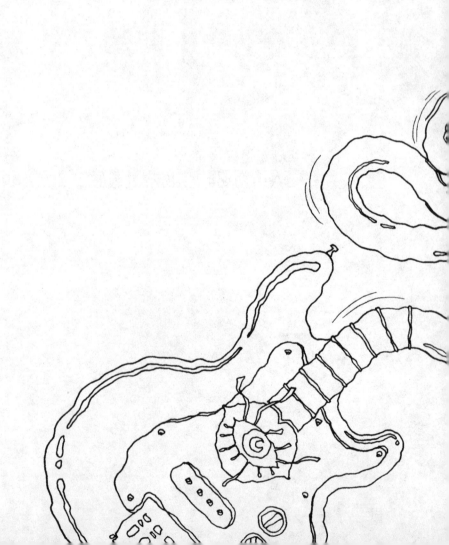

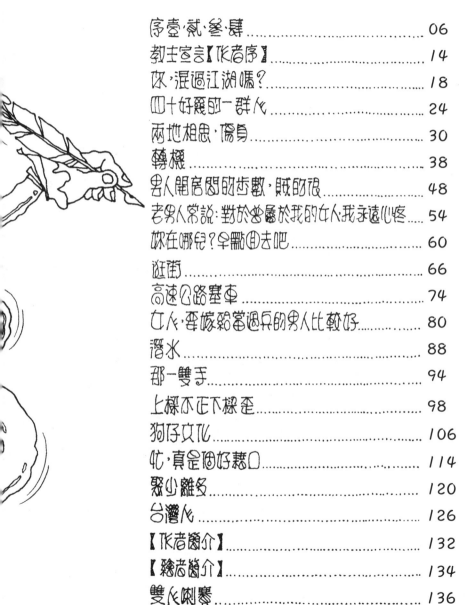

《序臺》..

「我的媽呀！這真是一本極度無聊的經典好書，你一定要買來看而且要偷偷地看！」——當我將《喇賽》所有的篇幅看完，也跟周遭的親友分享時，就只有這樣短短的幾句話形容我內心的澎湃與激昂◊先講，這不是一本工具書，更不是一本正規的文學作品，沒有優雅的文章，書名開宗明義也明確告知大家甭想在這本書裡面學到什麼有營養的知識。當然，你要從中獲得激勵、感動或是企圖心、向心力等等空泛的情緒動能感受，很抱歉，沒有！但如果你想搞懂人世間的詭異、欺瞞、荒謬、鬼扯及甚至是胡搞瞎搞的藝術、真相，看《喇賽》準沒錯！

我有很多很多朋友…基本上是所有的男性友人都會這樣；不管他是金融業的高層、製造業的大老闆、某一科的工程師、無法辨別真假的民代助理，或是哪家上市公司的第二代，反正很奇怪，每次酒過三巡後，在酒精的神奇催化下，樣子全變了，當然…我也不例外……。反正基本原則都是會變得很有辦法、很努力、很色、後台很硬，都變得豪氣千雲、義氣凜然。更妙的是幾乎都會跟黑社會沾上邊…我…我聽他在放屁！

當然，別人也常聽我在放屁，不過，還真的哩，

LA[喇賽]SIGH-序

很多生意還真的是在一連串的鬼扯裡促成，許多友誼想想也都在沒營養的「喇賽」而來加緊緊結合。男人講真的其實是非常無聊的物種。所以囉，喇賽對社會的形塑實在是太重要了！

人生智慧的增長絕對是來自於生活中枝微末節的點滴累積與体會。看了明德的著作很多無厘頭的章節對白，以最寫實的一面毫無遮掩地描述生活精采而豐富的點滴時，莞爾一笑後其實帶來了內心很強烈的衝擊：「我的媽呀！明德真是某種…敢寫這麼無聊的事！」。

我曾經為許多朋友的書寫序（大多數都無法順利出版…我也覺得很奇怪），唯獨《喇賽》是最讓我輕而易舉下筆的一本書。除了明德的歷練使得這樣的題材充滿令人驚艷的呈現之外，字裡行間無疑表露著他對這社會的喜愛與樂觀的人生，正是我要去學習的地方…感受多了，下起筆來也跟著順暢多了。

這是一本在坊間找不到同類型的著作，每一章節每段敘述，沒有刻意的道德

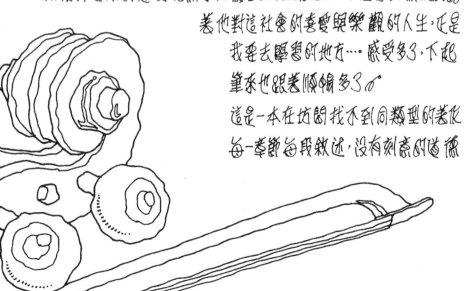

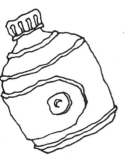

你只要是個身心健康的男人
國家就肯定徵召你去當兵
當然，當兵的過程大多都是艱辛的
特殊軍種也就更辛苦了

女人。要嫁給當過兵的男人比較好

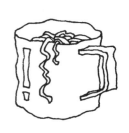

LA[喇賽] SIGH-女人，要嫁給當過兵的男人比較好

《序參》...

這種內容找我寫序就沒錯了！做人就是要敢做敢當，
有做過就不要怕迴避別人的質疑；胖子，我
給你靠不要怕！我看小劉經驗也不少了？
不然怎麼胖子寫了你就畫得出來，真人
眼前不說瞎話喔…嗯…說！有沒有！
沒有？你敢說沒有？哼…不是男人啦你！
我上一趟去大陸出差的時候也剛好去
開了眼界，雖然沒真的下海去玩，但是看
看別人的那種騷勁樣也覺得粉過癮；
年輕的時候早已經玩過頭，現在反而提不起勁．
何況現在全身哪裡都硬（最硬的就是肝），唯一不硬
的就是那根不該軟的…人年紀大又不會保養
真的很糟糕，只能享受視覺和聽覺，
吃兩顆小藍都不見得有作用；這本書…ㄟ…
還真能夠說我回想起以前的雄風，
想當年我也是給人家吃〇硬的．

LA［喇賽］SIGH-序

10

女朋友一個換過一個，離開我的女生哪個不是過好幾年都還很懷念我的說！

誰曉得，年紀大後也只剩兩力…喪失記憶力、和…完全不能起立…Z…ZZ…ZZZ……（作者：喂！阿伯！等呢加擱眠啦，先寫啦！）喔喔…這本當然是一本好書啊，可以喚起我的年輕記憶，很好！很好！你剛剛說作者是誰呀？誰？大聲點…喔，劉明德喔！劉明德…他是誰呀………

（作者：阿伯…我給你靠比較對吧…靠…）

睡著了，不方便要求署名…

2007.8.21 15:26 捷運XX站2號出口旁《XX排骨》店

《序幕》..

等公車時見到他一一位曾在螢幕上看過的民歌手，手上拿著一本資料夾朝向我這兒走來，停下：「打擾了…我想能不能麻煩你花一點點時間幫我看看這篇文章，然後給我們一些指教和批評，我們想把您的這份讀後心得當作書裡的序來使用。」就這樣，我翻閱起了這即將成冊的部份稿件…。

原來外面的世界是如此精采，內地的性思想是這麼開放，難怪我們這些熟女總苦無機會把自己給嫁出去…因為台灣的男人不會想結婚了。有位同事曾經跟我提起，想找我談一場轟轟烈烈的、只有性沒有愛、彼此不需負責任的戀情…唉…這世界真的改變了？人們對於愛已不復以往的事一純情？裡頭的文字令我懷疑、惶恐，是你我因遭環境真的淪落到如此地步？或者只是這位過去的失意歌手藉由這種方式來發洩心中的不平衡？還好我還沒結婚，不必立即面臨小孩的成長教育，不然，應該會是很讓人頭疼的問題……。

LA [喇賽] SIGH - 序

12

書中插圖也給了我很大的想像空間，我想繪者有他想表達
的意念在其中；看完文字後再看插圖，能夠與腦海裡勾勒的
情境緊密結合，雖沒有親身經歷，但
仍能完全想像…原則上，我會說
這是一本無聲的電影書……，
加油！胖子！！

2007/8/23 21:56 南京東路五段○○○站牌前

本來R是在對話方塊裡的閒聊·一些屬於私密性的
瞎扯過程·一些比較沒人願意公開的經驗；我想這
本書一旦出版後·朋友可能都會跟我不敢承認曾
經跟我有過任何瓜葛·再不然就是他們的老婆會
不斷逼問他們的老公到底是哪一篇的主角⋯而我原
本既安靜又太平的日子·將隨著這一幕幕上演的家
庭戰事後⋯也宣告結束了吧！但是·說真的也多虧
了這些好友能夠不吝嗇的跟我分享他們所見所
聞和經驗·跟我一窺人世間的情色奧妙·也見識到
因娼而榮的國家奇境。

台灣的男人啊·因為你們身體力行努力貢獻金錢
而壯大了亞洲人前所未有的勢力·你們融合了各

個民族血液、也窮足了窮鄉僻壤與貧困城鎮，因為你們的前仆後繼不計代價的付出，轉動這亞洲巨輪快速地朝向現代化邁進，因為在你們最原始動力的驅策下不休息的創造了另一新的亞洲奇蹟！

尤其酒精的催化之下，小弟弟的主控性就更濃了每個人的行為開始隨著感覺起舞，越夜越美麗、越夜越起勁兒；好像所有的男人到了另一個國度都會集結成黨…十個人就取名為"十字軍東征"、三個人就是"三劍客"、幾十個人則為"敢兵團"、七個人乾脆"七匹狼"還有"圓桌武士""加侵視""一隻鳥兒啾啾叫""台灣士林大香腸"…小心點，不管是人、是鳥、是視、還是腸，焦土戰術下，不吸乾你的錢之前，不會解開你心中枷鎖的…小心點……！

LA[喇嘛]SIGH- 教主宣言

你 混過江湖嗎

常聽人家說起:江湖路、不歸路。一旦沾上就像濕手沾到麵、
用也用不掉。就算讓你幸運地甩掉了、
保證也難免沾了一手滿滿答答的。
新朋友們聚在一起自我介紹:「我是做生意的」、「我是殺豬的」、
「我搞金融的」、「我幹駭客的」、「我養鴨的」、「我判頭的」……
就是沒人說:「我做江湖的」

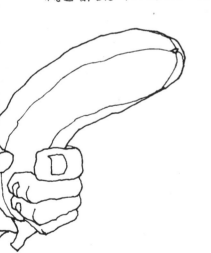

做江湖是啥?做漿糊倒聽過是吧!
小學時做勞作的時候會用到、
還偷吃過哩、就像是比較濃稠的
稀飯湯汁、結果吃了後吐了半天……
喔、是過期的稀飯湯汁。

LAI[喇賽]SIGH-你:混過江湖嗎?

19

很久以前的某一天．與一位不太熟的朋友在個偶然機會下喝茶聊天著，這位朋友接到一通電話後．立即用了電說：

我在他掛上電話後，小心地問：剛剛怎麼了？又是哥，又是子的，是…是發生了什麼事了嗎？ 他一派輕鬆的說：沒事的，就是幫別人談生意、助助陣、壯大一下聲勢罷了。 我又問：您這麼一交待，會有多少人到建口路和南口路交岔口呢？ 他說：大概五六個吧，這只是小條的，真正大攤的是競選的時候，動員起來養萬人跑不掉，那個陣仗才能比較出江湖人的實力。

乖乖，原來…做江湖的人還真的不少……

LA [喇賽] SIGH-你混過江湖嗎？

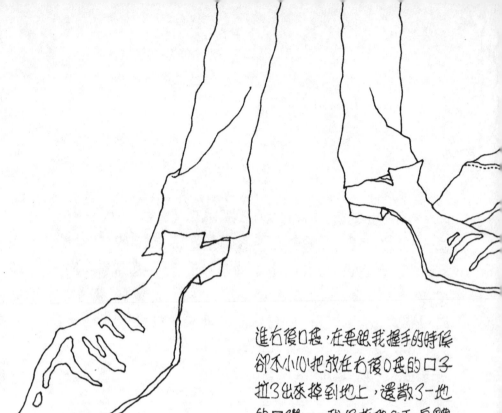

進右後口袋,在要跟我握手的時候卻不小心把放在右後口袋的口子拉了出來掉到地上,還散了一地的口彈……我握著他的手,身體不由自主地直打哆嗦。

我用顫抖的聲音問口哥最近好嗎?忙啥事業?

過了幾年,我在一條蠻窄大的街道上,遠遠看見了很像是我這位朋友的人開著一部阿蘇長的朋馳,正當塞車的同時,他突然大聲喊了我的名字,再順手來個大迴轉,就停在我的脫油塔車旁,我急忙下車跟他打招呼,他也下車走向我。我說:「口哥,好久不見了,您老好嗎?」口哥下了車順手把鑰匙插

他像沒事一般彎下腰揀他的"生財工具",抬頭跟我說:「今天要去討一條人條的!」哇嘞分人口哥沒改行,還是做江湖的……兩兩寒暄,口哥說:「你電話沒改吧,改天一起吃個飯。」咻…的一聲急駛而去,留下我在脫油塔車裡發抖……

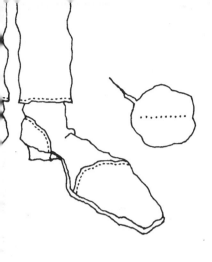

運身不聽使喚發抖著…久久不能自己

……………………

做江湖是要有相當條件才能搞的
。心臟要好．氣脆要顧．勇氣要
夠．膽大心細．動作要活．
人面要廣．動員要強。
這工作，我……我……
我沒能力．做……
做不來的。

人在江湖行．不怨不求人
一切自己當．一切我來扛
誰問人間事．路見抱不平
刀光劍影中．只見孤獨影
問天天不應．只問己良心
義氣行我心．殺氣隨影行

LA[喇囌]SIGH—你混過江湖嗎？

23

四十好幾的一群人

算是一個聚會吧！有人在喝啤酒，有人上網逛乾癟，有人吹嘘在大陸的豐功偉業，有人口沫橫飛地分析國內政治亂象……

此時此刻這群人……都算活著的。

LA[刺蝟]SIGH─四十好幾的一群人

死幹活幹進早滾蛋，喝茶看報等升上校，
平常的生活應該就是這麼乏善可陳吧
要不是有每月一次的聚會，
恐怕老早就枯死了……

不知道哪個朋友發起的,每個月繳五百塊,場地由輪值主辦者來搞定,每場固定基本人數20人上下,每次聚會總會設定一個主題.也許是生活感想,或許是專題報告,也有可能是一對老外表演妖精打架,總而言之,只要能讓這群四十好幾的男人血液流通,順暢的課程或主題都是不拘的.大概是今天的主題意旨明確,再加上主辦者的極力邀約,這回,竟來了近30位成員,是有史以來人數最多的一次。

一切流程完全依照中華民國制式的開會程序,有主席致詞.財務報告.臨時動議⋯⋯等。緊接著好戲上場了,今天由剛載譽歸國的老張作專題分享.題目是:「冰火五重天的爽後感想」.光是這標題就下得讓這群老男人每雙眼睛都興奮得閃閃動人,散發出平日鮮少呈現的⋯⋯運動生命力⋯⋯。

「先洗澡」……老張開始娓娓道來……

因為媽媽桑叮嚀,不洗身體多鹹鹹的,洗完澡後由媽媽桑引兒看那位小姐,如果對於他們的容貌或身材有任何不滿意的,可以繼續更換,十足消費者導向的經營理念。

老張說每一批女人大約會有10位,他光是那天就總共換了十二輪才挑到他看對眼的小姐……。

哇!比國父革命還辛苦,可見會這套"冰火五重天"的女人真是不少,會不會太誇張到……開肉店呀?遜斃!

選秀"後一切就序,先溫柔地幫您做全身按摩,並且視您身體的"變化"狀況……小姐會機伶的詢問是否需要進行……
更進一步、深入的服務………。

LA〔喇賽〕SIGH‧血十好囂月的一群人

27

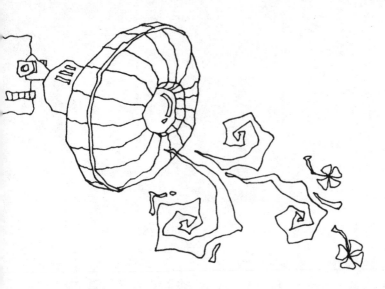

轉過身，來一段不熟練的背部按摩……
抬起臀，用舌尖來清理您的小屁屁……

整個過程當中，你會產生一種冰熱交加的奇異感受，
在你屁屁感到無比暢快的當兒，你的小寶貝也會感
覺到被溫暖包圍的幸福……

歷時兩個鐘頭，離去前的心情像是經歷一場費力精采
又成功的競賽，愉悅的離開……並期待下次的相遇……。

大家聽得目瞪口呆，圍繞著老張，急切地詢問地址和
電話，哎！一群四十好幾單純又飢渴的男女啊！

布幕拉下，一場盛宴在一顆顆悸動的心靈畫下完美句點

囮十好漢聚一堂，生命再次展光芒，抛妻棄子為哪樁，小小的腦袋晃一晃
不管路途多艱難，不忘皮夾裝滿滿，夾縫塞滿感而剛，反攻大陸搞這一場
衝衝衝 我現在要出征 衝衝衝 我現在要出征 不玩到乾 我誓不為人

集，買春就買春，搞得好像
國際性交研討發表會一樣，
還不就是砲兵團的另一種玩
法罷了。燈光昏暗的環境下
，再怎麼選，燈光一亮，包
你馬上哭出來～那ㄟ呷互

LA [啊塞] SIGH-囮十好爺的一群ㄟ

29

兩地相思·傷身

如果愛上一個人
彼此有很深的情感，很契合的肉體互動
卻又不得不分開很長一段時間

腦海裡充滿了曾經共有的甜蜜時光，
而卻必須孤獨面對情感空虛、情慾衝動的日子時，
我想這對於男女任何一方來說，都是煎熬。

LA [喇賽] SIGH．兩地相思．瘋身

愛和慾本來是可以分開的，但是對於這種心理與生理的渴望一旦結合在心愛的那個人身上時，這種變慾隨著時間的累積爆發強烈的需求，每周的排解，就是一次天搖地動的火山爆發，一定要到精疲力竭

不可言喻的強大能量釋放後，才得以平息。

問過很多人，寂寞孤獨的時間你會幹什麼？看電影、看書、逛街、運動、唱KTV、上網、找朋友聊天，……一切的一切都是為了轉移對對方的思念。但是，那種想跟對方做愛的慾望怎麼排解呢？

我有一個朋友——真想把他的名字寫出來算了——他深愛的女人到遠方去學習珠寶知識，在此之前已經同居兩年了，他們計畫在兩年後結婚，未來共同經營珠寶販售的行業………

LA〔喇賽〕SIGH－兩地相思·寫真

於是……兩人決定讓女方去學習更高級的珠寶知識及鑑定技術，男方則留在台灣賺錢，順便慢慢物色好的據點，以便實現日後開店的夢想。

在女方離開後的第二個月，我突然接到他的深夜電話：「能不能出來陪我喝酒？不會喝太多，頂多就兩個鐘頭吧…」

他帶我去了我從沒去過，甚至在我有限概念裡不敢想像的地方；對於單純的我來說是個震撼，原來所謂…酒店…就是這個樣子！

昏暗的燈光，震耳欲聾的卡拉OK，女孩伴隨身旁幫你倒酒陪你喝酒，扯東扯西天南地北的胡說八道，心裡想著：反正就是喝酒，也不去在意這樣的夜晚究竟有沒有點建設性了⋯。就這麼喝著喝著⋯突然音樂換了節奏，女孩站起身來說要秀一下，我一時還沒會意過來，她已經嫻熟地褪去半身衣物，兩糰的子瞬時裂地躍了出來，嚇了我一大跳這突如奇來的舉動！「這樣不好吧」我說。但雙眼視線卻不能移開，正當血液沸騰到不行的時候⋯音樂停止了⋯。待我以最快速度恢復理智回下神來，女孩說：「大哥我敬您。」⋯⋯

LA〔啦嗓〕SIGH-兩地相思．瘦身

撙...

向她撲去，衣服不知道什麼時候早穿好了·靠！真不愧是專業人員·此時，我的朋友牽著一個女孩·從洗手間裡走了出來·回家途中，我問他：你去洗手間幹嘛?! 他說：做保養，就是基礎保養！

因為沒去過·根本搞不清楚客人的權利義務有哪些？我也是孤單一人·總該告訴我可以怎麼做呀！不然沒玩到沒關係·回到家裡一個人發乾騷也很辛苦的·撐著充血的眼到天明Q TMD·傷身！MD·基礎保養是什麼啦)))

LA [喇嘛] SIGH‧兩地相思‧傷身

黑暗中　你緊緊貼著我　　我無法　自由來去擺動
這樣的激動我無法承受　　只能閉上眼慢慢感動 ♪
音樂聲　襯著你的蠕動　　我只能　敞開雙手不動
我知道激情過後的難受　　只能用呼吸平衡心動 ♪

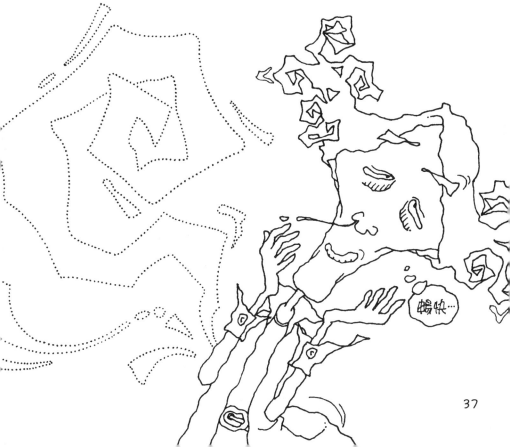

暢快⋯

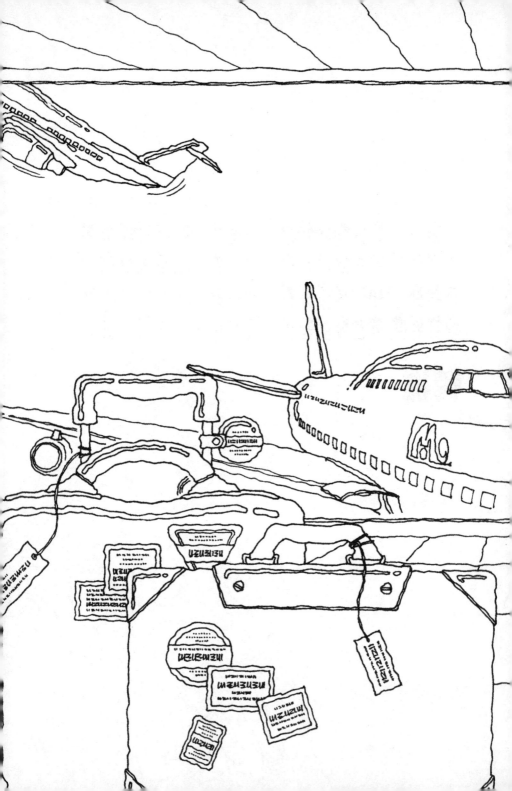

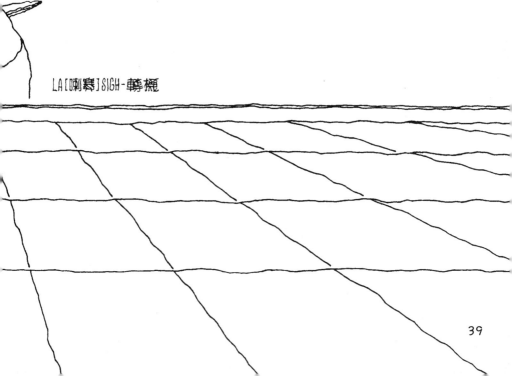

望著諾大的轉機室，比我早到的旅客都已經離開了
轉機室裡三三兩兩的幾個人露出無奈疲憊的倦容。
航空公司發的誤點餐券都用過了⋯
食物也早就消化掉了⋯不知還要等多久才能坐上班機？
再去抽根菸吧！
吸菸室裡的腺孔在這幾小時裡都變熟悉了⋯⋯⋯

轉機

LA[口刺賽]SIGH-轉機

班機一架架地起飛了，沒來的就是我們這幾個人原本要搭的。機場櫃台給我們的理由是：因為受到空中流量管制，才導致有些航班被限制飛行，以年度來說只有萬分之一的機率。

哇靠！會不會太幸運了點?!該去買彩券的，連這種事也輪得到我…抽完了在機場的第14根香菸，又多了批乘客在這兒轉機…嚇了我一跳…其中一位居然是我的國中同學耶，好幾年沒見了，因為太高興，我們兩個在轉機室裡大呼小叫的。

BALLOON'S STORY

LA[喇賽]SIGH-轉機

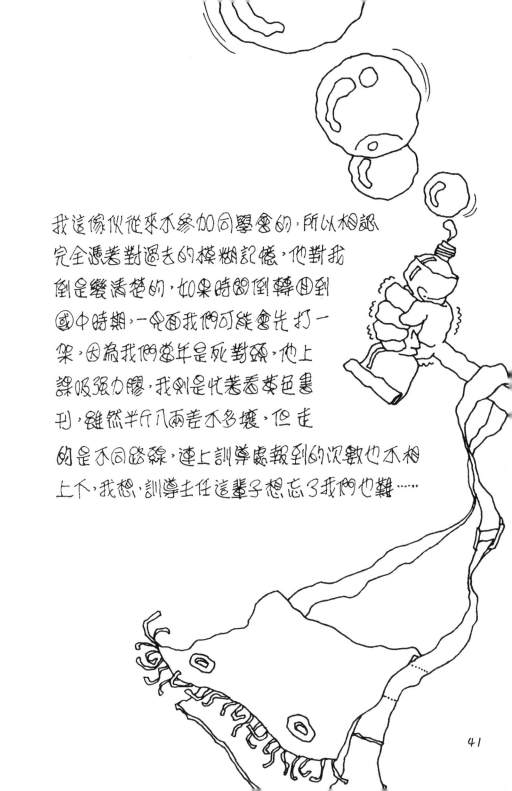

我这像似从来不参加同學會的,所以相認完全憑着對過去的模糊記憶,他對我倒是變清楚的,如果時間倒轉田到國中時期,一見面我們可能會先打一架,因為我們當年是死對頭,他上課吸強力膠,我則是忙着看黃色書刊,雖然半斤八兩差不多壞,但走的是不同路線,連上訓導處報到的次數也不相上下,我想,訓導主任這輩子想忘了我們也難……

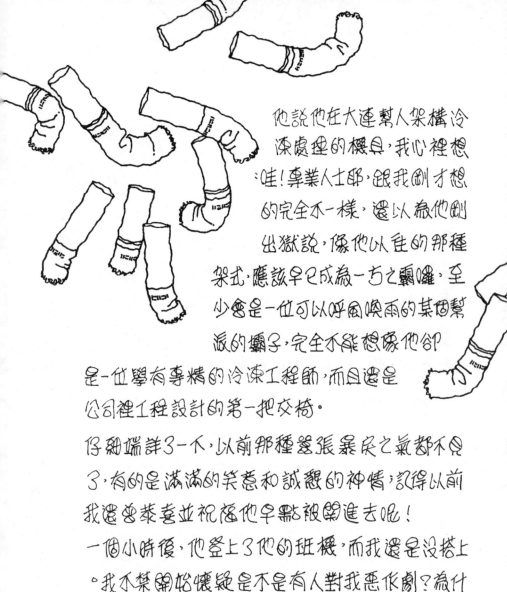

他說他在大連幫人架構冷凍處理的機具，我心裡想：哇！專業人士耶，跟我剛才想的完全不一樣，還以為他剛出獄說，像他以往的那種架式，應該早已成為一方之霸囉，至少會是一位可以呼風喚雨的某個幫派的霸子，完全不能想像他卻是一位學有專精的冷凍工程師，而且還是公司裡工程設計的第一把交椅。

仔細端詳了一下，以前那種囂張暴戾之氣都不見了，有的是滿滿的笑意和誠懇的神情，記得以前我還曾奚落並祝福他早點被關進去呢！

一個小時後，他登上了他的班機，而我還是沒搭上。我不禁開始懷疑是不是有人對我惡作劇？為什麼一起抽籤的人一個個也都走了，只剩下我孤伶伶的在這兒……還有兩位媽媽級的阿桑……

廣播中重複播放著航空公司的道歉啟事，而我卻感覺不到一絲的誠意，當他們的選標榜會員享有無上尊貴，跟身為這家航空公司會員的我，全身燃著一股無名火，雖然我沒買過頭等艙，但來來回回坐了幾十趟，也算是個產品愛用者吧！也從未換過其他的航空公司，這麼高度的品牌忠誠……如果飛機再不來，我一定告他們如此踐踏我的基本權益……只是

不知道會不會有效？

LAI啊嚕JSIGH-轉機

43

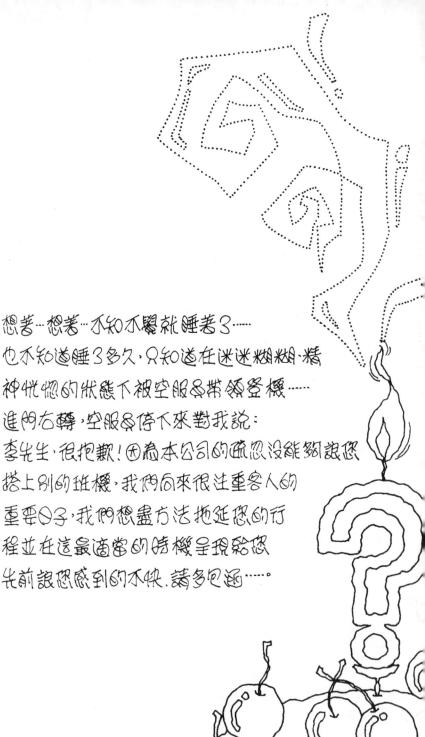

想著…想著…不知不覺就睡著了……
也不知道睡了多久，只知道在迷迷糊糊、精
神恍惚的狀態下被空服員帶領登機……
進門右轉，空服員停下來對我說：
李先生，很抱歉！因為本公司的疏忽沒能夠讓您
搭上別的班機，我們向來很注重客人的
重要日子，我們想盡方法拖延您的行
程並在這最適當的時機呈現給您
先前讓您感到的不快，請多包涵……。

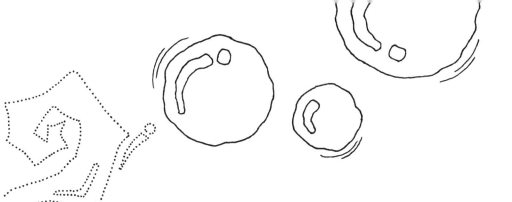

就在這時,傳來所有空服系的歌聲……
祝你生日快樂…祝你生日快樂…祝你生日……
啊…我都忘了今天是我的生日……
當我坐下他們為我安排的座位時,
感動得眼淚都流出來了……
今天是一月一日凌晨一點十一分的第一班飛機,
我坐在頭等艙1A的座位上…天哪…還…還…還…
還有小生日蛋糕呢……。

雖然只是兩個小時的虛榮夢魘,但是我肖想很久了,
但一直都沒能實現:正在暗爽時,在睡夢中"又"
被空姐搖醒了……拖著麻了的雙腿,登上回家的班機。
下次再做夢吧;回到台灣机場,不知道還有沒有公車,
身上只剩幾百元,希望…到得了台北……

LA〔喇賽〕SIGH-轉機

45

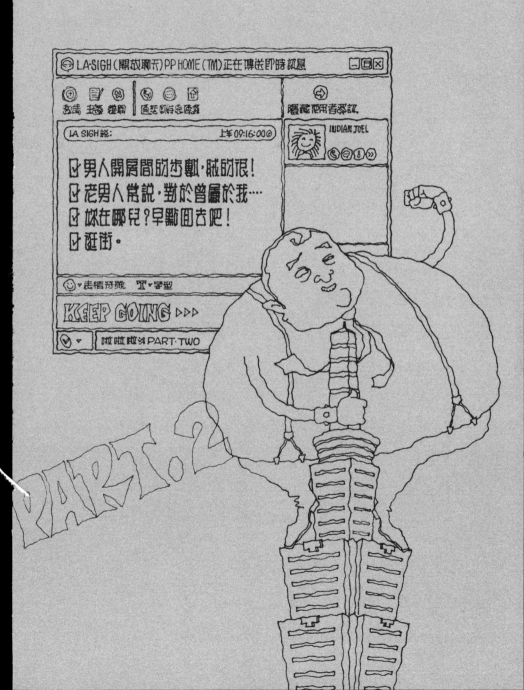

當男女之間情感發展到了某種程度,可能會有⋯⋯
偷嚐禁果的衝動,而發起人總是男he.
奇怪,真的是男的,怪不得搞社團的都是男he⋯⋯。

男人開房間的步數 賊的很

「這裡人多」,他說:「我們找一個只有我倆的地方好嗎?
我想緊緊地抱著妳;妳放心,我不會做踰矩的要求.
就只想緊擁妳在我的懷裡⋯」
然後他牽著女孩的手,往熱到不能再熱的路線邁進
「咦,這地方你很熟嗎」
「嗯,以前在轉角的咖啡廳打工過,那時機車都停這兒.」

(最好是啦.都不知道在這歇過多少人了.算算⋯⋯
這是第99刀了吧.趁早慶祝破百)

進了房間，冷不防地緊緊抱著女子，口裡開始直說：「就是這樣，就是這樣的感覺，從第一次見到妳，我就期盼著有那麼一天能夠像比刻一樣地擁妳入懷…」

身體還不忘刻意顫抖；其實，他是想在最短的時間裡，說女孩的身體、心裡直線加溫也讓女孩矜持的情緒徹底消散……。輕吻她的額，並探索式的輕吻她的臉頰；其實，他下一個目標是脖頸，但這時他不會慌、不能急，他的身體開始擺動、搖晃，好像很享受、很愉悅、很放鬆地想翩翩起舞；漸漸的，女孩也被他的舉止感染帶動下輕輕……擺動起來……

這算是最溫柔的方式了，有些男人進了HOTEL後直接躺在床上口裡直喊累，哀求女生幫他按摩痠痛的脖子，飯店裡除了兩張不舒適的椅子，一張看來極為柔軟的大床而已，假設您是那女的，而他想休息，你會選擇哪兒呢？

完了，一旦坐在床上後他又開始說了：「躺下來休息吧！你穿著衣服很安全的，我只是想躺在你身旁抱著你……」。誰知道他早就把冷氣開到最強，讓女孩自然地窩偎在他身旁，因為冷氣使周遭溫度急速下降，被子也就不知不覺裡蓋上了，重點是，沒人穿著衣服蓋被子的，是吧？ 男人，賊的很。 我想……您也是當中老手吧！

LA〔喇賽〕SIGH-男人開房間的步數，賊的很

常聽別人說
天下烏鴉一般黑
那隻貓兒不偷腥
沒有一個男人不花心的
經過了這麼多年的印証
嗯……真的
不知道這是男人與生俱來的賤基因
還是花花世界的強力誘因無法抗拒
男人啊
你們真該好好收斂一下囉

眼睛深情的望著妳　口中輕輕的跟妳說話
我用雙手擁抱著妳　在妳耳邊柔柔的呢喃
將妳緊擁在我胸口　妳知道我不捨輕易讓妳走
讓妳知道我的感動　我要妳今晚的時間都給我

LA[喇賽]SIGH-男人開房間的步數·賊的很

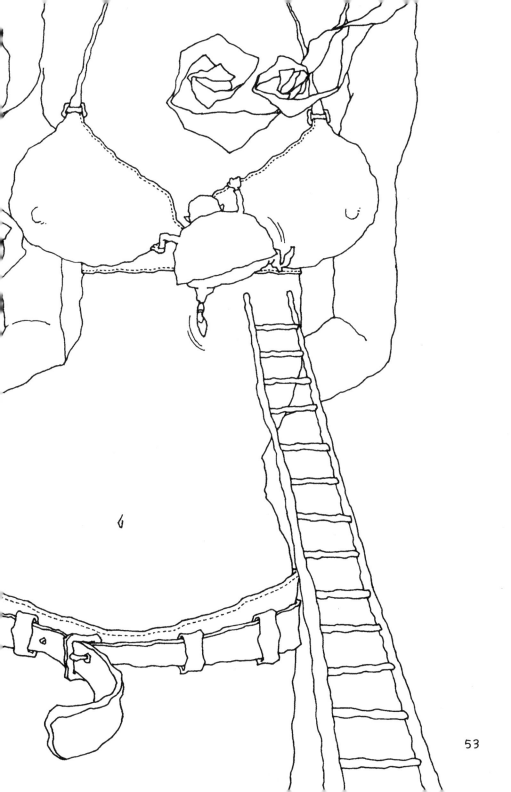

老男人常說
對於曾屬於我的女人，我永遠心疼！

也許吧·人老了·極盡努力想捉住年輕的尾巴·不願去承認
已經年老力衰·仍一心想對"男人四十·只剩一張嘴"
的宿命做抗辯·於是·開始編造一些本身不熟悉的經驗0
期望自己在一群漸漸褪色的男人群中……
擁有一席地位。

LA [喇賽] SIGH·老男人常說：對於曾屬於我的女人·我永遠心疼！

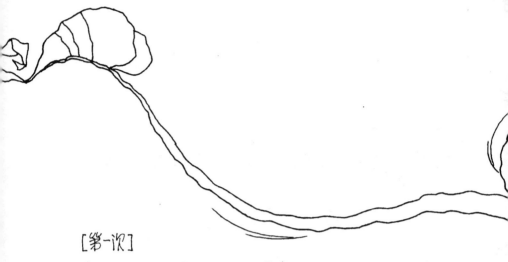

[第一次]

老家旁的香蕉園吧,陽光穿透蕉葉的細縫斜斜地照了下來‥
十歲左右的兩個人手牽著手十指交扣,尋找早熟的香蕉,
還記得從蕉樹上直接摘下的就黃香蕉最甜、最好吃……
也可能是妳一0、我一0的關係吧。

[第二次]

算是我發功的時刻,找不到該走的路,
一整夜軟軟硬硬停停走走,到最後…哎…的一聲,
終於破門而入殺出一條血路;一個晚上來回送了幾趟貨……
早上到了學校同學問起:熊貓的親戚呀你?

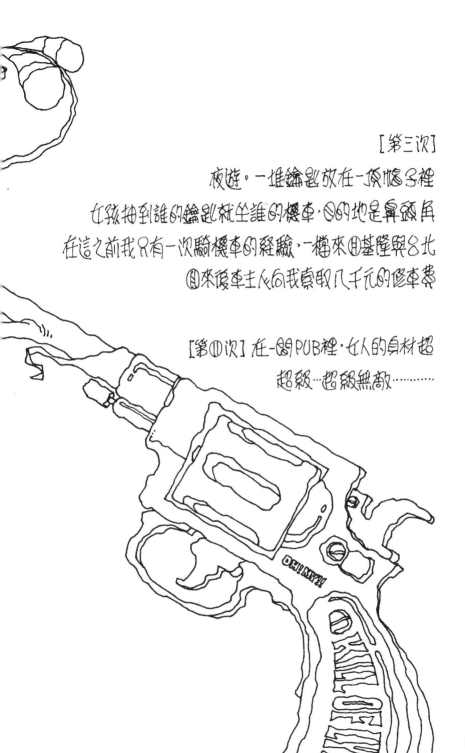

［第三次］
夜遊。一堆鑰匙放在一頂帽子裡
女孩抽到誰的鑰匙就坐誰的機車。目的地是鼻頭角
在這之前我只有一次騎機車的經驗，一檔來回基隆與台北
目來後車主人向我索取八千元的修車費

［第四次］在一間PUB裡，女人的身材超
超級…超級無敵………

57

我相信成長過程中，人和人一定有許多的交叉時刻，差別就在交叉當兒停駐的時間有多久？雙方堅持的意念有多強？有人就此終止漂泊，有人依為經驗吸取，更有的人一蹶不振，甚至有人翻船就此沈入無底深淵而無法自拔。

有人說，男人三大害：少年得志，老入花叢，晚節不保。如果這三項您都有了，都做了，也都得到了，我想您肯定過得很辛苦，安逸快樂只是您的想像，幸福美滿也成了您的過望。有時候，認命等於是保命。對於那些愛過的女人，何妨就抱著感恩的心情，感謝她們跟您的歷程很乾淨，很安全吧，請⋯請務必牢記，不花錢的事兒，永遠只是最貴的，還不起的。

將妳的影子放在我的心上　夜深人靜的時候翻起來看 ♪
將妳的愛情鎖在我的心底　寂寞痛苦的時候偷偷地唱 ♪
謝謝妳陪著我度過那麼一段 ♪
我永遠記得妳　愛我的模樣 ♪

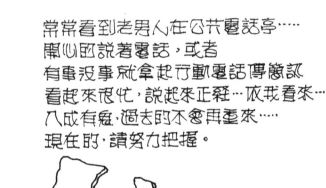

常常看到老男人在公共電話亭……
開心的說著電話，或者
有事沒事就拿起行動電話傳簡訊
看起來很忙，說起來正經…依我看來…
八成有鬼，過去的不會再重來……
現在的，請努力把握。

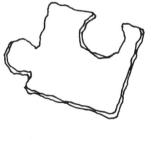

LA〔喇賽〕SIGH－老男人常說：對於曾屬於我的女人，我永遠心疼！

我這一代的男人大概都結婚了
這一代的男人心裡盡是慌張
比地位‧比成就‧比車子‧比孩子的學校‧比精子的活動力

妳在哪兒　早點回去吧

某個深夜跟一位朋友開車回台北
車上我們無所不聊‧路途實在過於遙遠
能聊的也差不多都說完了‧這時候大約十點多吧
他不知道從身上哪兒拿出另一支手機撥起號碼：妳在哪？
不敢直呼她的名‧想是怕我知道吧

「妳那裡怎麼那麼吵…跟誰去呀…就妳跟她嗎…幾點去的…妳有喝酒嗎…別喝太多…還是早一點回去吧…有開車嗎…喔,坐計程車要小心喔…到家給我電話,跟我安心…」——我聽了很不自在,渾身不舒服,因為我知道他的狀況,結婚了,但剛剛跟他對話的絕不是他老婆,他,又一個"四十男人症候群"的患者吧。

如果我們把這短短的對話,當作一場戲的台詞,我們演演看來,鈴聲響起:

你在哪？　嗯·我在XX PUB啦(跟旁边的帥哥說·对不起我媽打來我去接一下)·

你那裡怎麼那麼吵？　PUB難免吵一點呀·

跟誰去呀？　我們公司的淑娜呀·她心情不好·要我陪她散心的·其實我今天好累的(跟帥哥握個手)·

就你跟她嗎？　對呀·就我們(再跟帥哥捨捨電話)·

幾點去的？　大概八點多(因為之前跟帥哥在賓館(QK))

你有喝酒嗎？　我怕淑娜喝醉所以我不能喝·我答應照顧她的(不·是帥哥今晚還找她二次翻雲覆雨)

別喝太多………

⑪十歲的男人呀·是意氣風發的時刻·最是散發成熟魅力的時候·當然會引起女人對你的肖想·生意不熱不賺·女人不疼不愛？不要騙自己了·以為感情世界能用一支電話控制嗎？當你不能百分之百对她付出·就千萬不要寄望她會全心全意愛著你·地球會自轉的·看開一點·就能好過些的·

LA [喇賽] SIGH~妳在哪兒 早點回去吧

不要覺得自己風流倜儻，女人欣賞男人的角度是
全方位的，而她們總是會聰明的分配當下對於自
己最有利的情況。

你體力好，把你當性奴；你有錢，把你當銀行。
你帥氣，拿你當樣板⋯⋯⋯⋯
男人，在感情世界裡是⋯永遠贏不了的。

LA [喇賽] SIGH-你在哪兒?早點回去吧

不要說天長地久　因為我們不可能一起過
別說心中只有我　我才離開妳也馬上就走
我寧可讓心空洞　隨意讓它穿梭
也不願苦守虛空　獨自夜夜寂寞

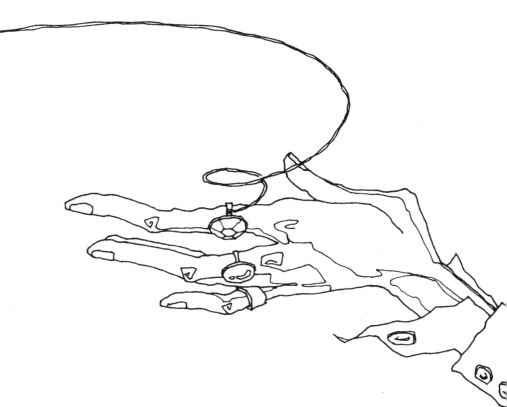

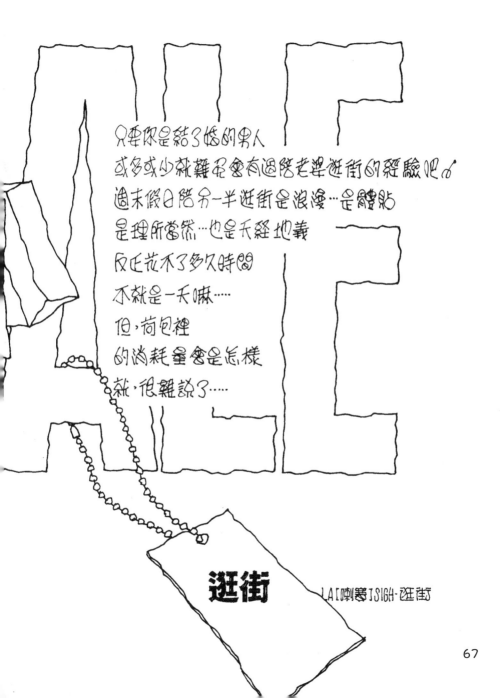

只要你是結了婚的男人
或多或少就難免會有過陪老婆逛街的經驗吧。
週末假日陪另一半逛街是浪漫…是體貼
是理所當然…也是天經地義
反正花不了多久時間
不就是一天嘛……
但，荷包裡
的消耗量會是怎樣
就，很難說了……

逛街

LA〔喇ㄌㄚ〕SIGH·逛街

我有一位好朋友去上海拜訪我的老婆,可是我老婆沒辦法天天陪著她,為了有效的運用時間,她就獨自到上海的精華區徐家匯逛街去了,走了一整個下午,到了傍晚回到我家,一進門臉上喜孜孜的直呼好便宜,還說來上海真是不虛此行,直嚷著好爽!

晚餐,飯桌上只聽見她的逛街感言,飯後迫不及待地在客廳攤開她今天的血拼戰利,哇…還真是超多的!諾大的客廳被

她的戰利品完全攻陷了。這雙鞋是哪兒搶購到
的；那隻錶是女店員便宜賣給我的；帽子在伊嘉
時尚店發現的…尤其這頂絨帽才50元人民幣，本
來要150元的，因為買很多頂，才能殺到這樣的
便錢喲…好便宜喔…太便宜了！ 她說，喔.這個
包包是仿的，但是質料就跟真的名牌一模一樣,這
個多少錢.那個多少錢，一臉殺價將軍的成就與
滿足感。我老婆在旁直誇說真有眼光，挑的東西
都很棒，但就是要貴了。「阿…怎麼可能…妳知道
這些東西在台灣有多貴嗎？我買的只是台灣售價
的兩成耶，怎麼可能要貴了…我不相信…」
因為這位朋友是一位出了名的血拼女郎，她根本
不願接受這聽來頗為殘酷的事實。老婆說:走
！明天帶妳去價格保證更划算的賣場吧！

LA [喇賽] SIGH·逛街

第二天，一行人浩浩蕩蕩來到了上海數一數二的長安路上大賣場。這兒所謂的大賣場，就是真〰的很大的賣場，裡頭什麼都賣，面積大約有松山五分埔的十倍大。反正很大很大就是了。停好車，大家原本興奮的心情，不自覺地轉換成為凝重的殺氣，表情也開始好像是啟動了自動防衛系統般地嚴肅起來。

進了商場大門眼前就是一攤賣帽子的，朋友一個
箭步驅前選購，張大眼兒一看…當場沒昏倒！因為
跟他昨天買的一模一樣的帽子，壹頂才標價35元
還不包括殺價唷，結果殺到最後，人民幣15元成交，
夠吐血吧！

每個人尤其是咱們台灣人特別鐵齒
認識幾個人後就覺得可以呼風喚雨
有了血拼經驗就覺得可以殺遍天下無敵手
給了一點顏色就想開起染房
說他腳小他就捧場走……
總之…你費盡心思殺價前
人家早已處心積慮等著砍你呢 ✍

我　走在街頭．哪一道門我不能開．哪一條路我不能走
這世界屬於我
我　成竹在胸．任一商店被我走過．任何物品被我看中
殺他片甲不留

一個月可以跑一萬公里的計程車司機朋友
他的勞務收入應該會很高吧

高速公路塞車

我是一個高速公路的經常使用者
為了推廣業務需要經常往返北高
所賺的錢跟里程表的數字，完全沒有關係
還好我很喜歡開車
真的喜歡開車

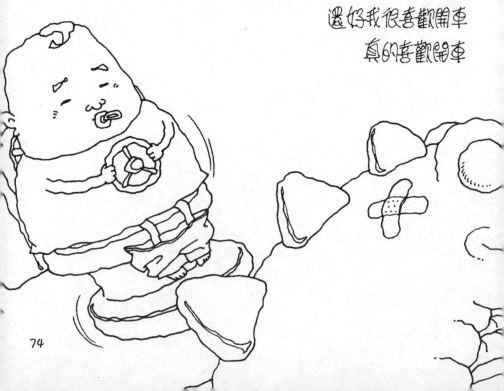

幾年來，許多千奇百怪的事持續在
高速公路上上演，還好有警廣熱情的
播音員在收音機上不停的播報：
有人撞車了、有人在路肩打架、有車子四輪朝天、
有狗狗跑上來了、有人在高速公路上行走、
有人騎著機車，還有羊、豬、雞……請大家小心…
耐心…放心…好心…國道根本成了人畜
共用之道了……台灣的高速公路比起
國外的，真的有趣豐富多了。

yeah……

come on baby

NEW

碰上塞車,可能是唯一一曲令駕駛人感到不耐的車吧
如果有女人陪伴同行,還可以聊天增加彼此情感,
搞不好能說愛情升溫也說不定;或是把工作上的心
情做個正面的心得交換,也許能因此迸出什麼樣
的火花都難說;就怕是自己一個人,又正巧情緒
低落的時候,幹天幹地,譙上司譙員工,譙得自
己臉紅脖子粗地傷身體,所以,塞車…挺累人的。

記得有一用,我開著加高的拉風休
旅車,行駛在國道好幾線碰上
3塞車;因為閒了,就東張
西望看看別人的表情;旁邊有
一輛男士駕駛的小車,女生的
頭趴在男子的肚子上,我心
裡想,可能是暈車吧!

仔細看去,女生的頭還一上一下的起伏著,該不會是在幫男的吹喇叭吧?因為我車上的隔熱紙是超黑的,所以不擔心別人看見我血脈噴張的表情,我想他們根本不會在意有沒有人看到這一幕反正是高速公路,待會兒咻的一下就分開了,沒啥大不了的·果真沒幾分鐘·他們那個車道動塞了,走了…… 就這麼走了……
留下還在塞車的我,在車裡紅紅硬硬的……。

哎……早知道也帶個女的來!

LA[喇賽]SIGH·高速公路塞車

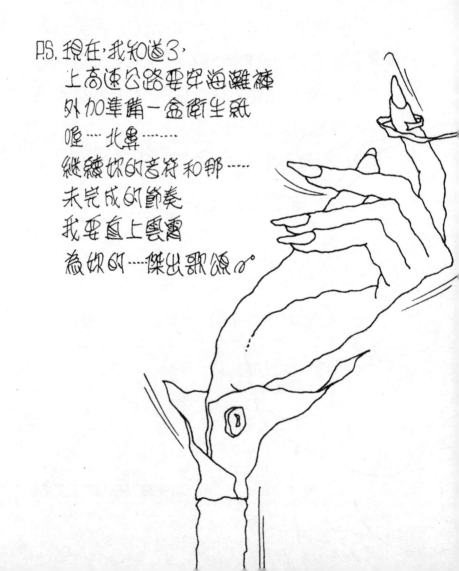

P.S. 現在，我知道了，
上高速公路要穿海灘褲
外加準備一盒衛生紙
喔…北鼻……
繼續妳的音符 和那……
未完成的節奏
我要直上雲霄
為妳的…傑出歌頌♂

我們 手牽手·一起
向前走 不管路途多遙遠
我會 緊握妳的手
妳給我力量 讓我
以抖擻

一次
一次催促我 妳是我的喇叭手
說我心中的喇叭聲 的達的⋯
響在車裡的每個角落
說妳吹起的號角聲 的達的⋯說我們
有力量向前⋯衝⋯

LA〔喇叭〕SIGH·高速公路塞車

你只要是個身心健康的男人
國家就肯定徵召你去當兵
當然，當兵的過程大多都是艱辛的
特殊軍種也就更辛苦了

女人。要嫁給當過兵的男人比較好

LA[喇賽]SIGH-女人，要嫁給當過兵的男人比較好

從第一次去區．鄉公所
報到．就是訓練的開始．搭上
火車．懷著淚水．揮別父母．愛及
朋友．走向無知茫然的世界．一切
都得重頭開始；學習建立新的
人際關係．學習不同的生存法則
學習在痛苦中去堅持及忍耐．學習
奮力不懈的勇氣．學習適應．完成不合理的要求．感受
汗流浹背的暢快．克服一成不變的枯燥．享受絕處逢
生的喜樂……很多很多的經驗都可以從短短
的軍旅生涯中獲得．而且不用花半毛錢。
當過兵的男人．肌肉是強壯的．精神是被
粹鍊過的．體力是充沛的．毅力是無窮的．
氣魄是無敵的。

當過兵的人能適應各種環境考驗，有
上能負千斤重擔；有的女方家長會
先問女兒的朋友:「當過兵沒?
什麼軍種?當幾年?
好好好…」然後
放心的支持
你們交往
因為……

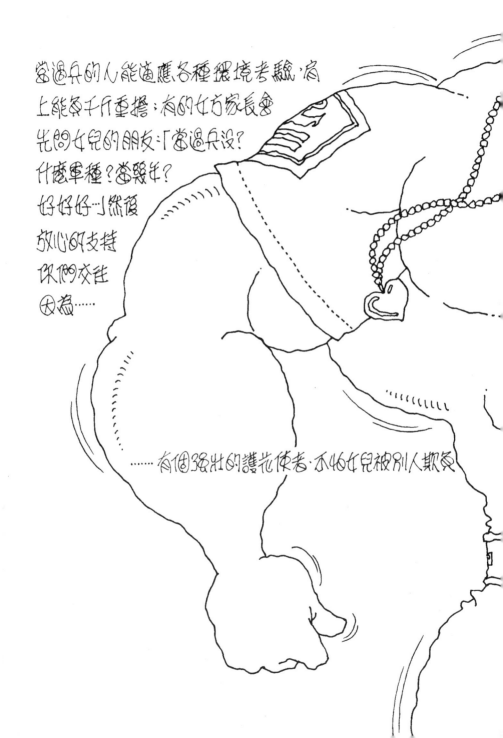

……有個強壯的護花使者·不怕女兒被別人欺負

當過兵的男人，腰力都很好，尤其是在這期間被處罰得最多的人；班長在體罰犯錯的阿兵哥時總是說：我這樣罰你，以後你會感謝班長的，甚至你太太還是女朋友更會感激我；你，給我帶著感恩的心情做完這500個伏地挺身、500下仰臥起坐、跑50圈操場、100個交互蹲跳……。

儘管這是班長緩和阿兵哥受罰過程中可能引發的不滿情緒，但每個人卻都甘之如飴，努力的上上下下的……

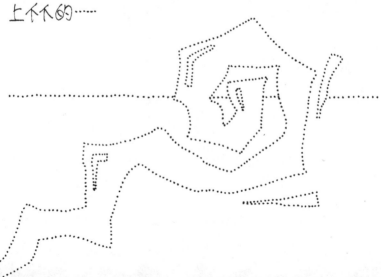

我們閉著眼睛想一想，女人被強而有力的手臂攬著時會是多麼的感動，當她倚靠著厚實胸膛時，那股溫暖的感受……。深夜護送她回家時給予她的安全感，她在搬家時要求你搬東搬西，拾上拾下的奴役感，她在跟別人吵架時有你站在她身後替她撐腰的榮耀感，晚上脫光衣服汗流浹背做愛完開後的滿足感……這些，在在都要感激當兵時期的痛苦磨練。

長官常說：合理的要求叫訓練，不合理的要求是磨練，整死你的要求叫魔鬼訓練，唯有通過最苛訓練的男子，才是男人。女友，嫁給這樣的男人比較好

LA[喇叭]SIGH‧女人，要嫁給當過兵的男人比較好

靠！記得當年還真想殺了那班長

處罰我的時候還直唸：

"笑個屁，你以為笑是愛的橋探呀"

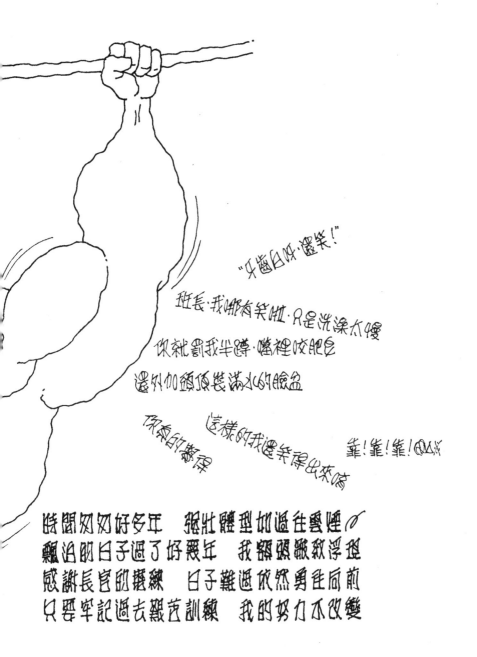

"牙齒白呀·還笑!"

班長·我哪有笑啦·只是洗澡太慢

你就罰我半蹲·嘴裡咬肥皂

還外加頭頂裝滿水的臉盆

這樣的我還笑得出來嗎

你省的幽默

靠!靠!靠!@ㄨㄚ

時間匆匆好多年　強壯體型如過往雲煙
飄泊的日子過了好幾年　我額頭皺紋浮現
感謝長官的操練　日子難過依然勇往向前
只要牢記過去艱苦訓練　我的努力不改變

LA[喇賽]SIGH-女人·要嫁給當過兵的男友比較好

可能因為從小生長周遭環境的關係,我愛大自然
小時候在鄉下長大習慣3清新的空氣
習慣3被翠綠環繞,習慣3在清澈的小河……
跟小魚及青蛙戲水;

潛水

但是,這些摸蜆兼洗褲的日子已經離我好遠……
要說山明水秀的風景已不復見
還不如說自己安排日子的權利……
早悄悄地被現實環境的競爭給取代3吧

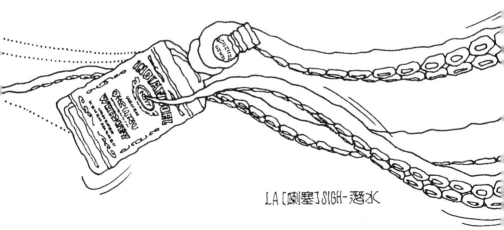

LA〔喇塞〕SIGH-潛水

都市的日子,每天都是緊張的,為了調節自己的生活步調,我強迫自己在臨界的周休二日要好好放鬆,就在那個時候,我學會了潛水;投資大把的鈔票在保護自己生命的裝備上,嗯,很花錢。

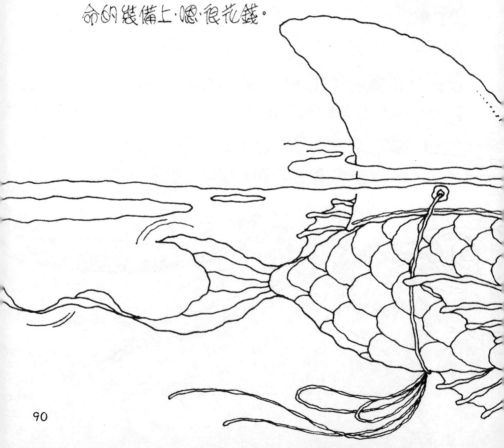

記得是在一個夏天的傍晚，我帶著裝備跟著我的教練"老鯤"到北部的海岸線，一個我完全不熟悉的地方，老鯤耐心的跟我解釋每一項裝備的用途，這是生死交關的運動，我當然很專注的仔細聆聽，等到我全部熟悉時，已夜幕低垂了。

整裝待發的我被引導至一處面海的懸崖，老鯤已在下方處的海面上載浮載沉的等著我。沒關係的，他說，有我在絕對沒問題的，你跳下來就對了，要注意步伐大一點，大膽地往前跨就是了。

說得倒容易，我足足在那個定點猶豫了十幾分鐘

就是遲遲不敢跨出那人生的第一步，等到我終於跳出去了，跳進海裡浮出水面的第一句話，竟是慘絕的："老鯤救命！老鯤救命！」

現在的我，終於可以悠游自如地欣賞海底生態了，遊過的區域也從北部延伸到了南部，說真的，海底世界美麗極了。

記得有次與幾位同伴相約到北部的一個美麗潛點，下水前所有隊員集合統一聽從潛水引導的指令分隊，畢竟安全第一。五十分鐘後大夥一個個回到岸上的定點，穿著潛水衣潛水是為了防止體溫快速喪失，因此它的保溫效果特好，所以上岸之後大家會很習慣的把上半身的部份退往膝蓋處，剩著泳褲讓海風吹著，享受上岸後的涼爽。當時一位首次加入的新同好，也依樣畫葫蘆跟著我們這麼做；但，在享受這清涼時刻的當下，他忘了他是穿著紙內褲潛水，他的腰下只剩下一圈橡皮圈和大腿上的兩條，其餘的早被融化了…哈，晾鳥俠。

學生時代我也幹過這種事。落台的同學每人出資100元，說好只要誰敢裸奔根據跑題的範圍這樣定的1000元就屬於誰

結果這1000元成了我的戀愛基金，誰叫我缺錢嘛。

穿著球鞋裸體跑操場·風·吹得好舒服喔...真的,尤其是深夜的...風

$

帶著心肝寶貝
一起去吹風
不管跑得多累　身心都輕鬆
雖然用來用去像具彀　我不會覺得累
月黑風高深夜　周圍沒有誰　用力邁步向前　像跑給鬼追
贏了跟女孩有好約會　我不管誰是誰

公車上看到了一位熟女的一雙手，肌膚白晰，輕柔自然地擺在她腿上的黑色皮製公事包上；她似乎察覺有人偷偷在欣賞。人長得也超正，一襲黑色裝扮黑色短外套、白襯衫、黑色合身長褲，微尖的黑皮鞋，頭髮乾淨的往後梳綁著。"她"我猜想應該是個業務吧!

那一雙手

除了我，另外也注意到其他目光也朝著她看；感覺舒服的女性總是能成為大家的視覺焦點；不像前座那位女學生，可能昨晚睡得太累了，癱在椅子上，嘴角開開的，牽絲的口水一条一条的，平平都是查某人怎麼差這麼多

古時候有詩人比喻過女人美麗的雙手，柔若無骨，直勻如蔥，觸感如同嬰兒的皮膚，想像能握著它，感

94

LA〔喇嚕〕SIGH－那一雙手

嗯應該蜜好的，這輩子沒交往過這樣的女孩，心裡有股躍躍欲試的情愫……在蠢動…

95

想像我們是一對情侶…看
電影·泡溫泉·喝咖啡聽
演唱會·出國去玩·依偎
一起看著喜歡的電視節
目·無時無刻不分場地瘋狂作愛·我會為她
減肥,也甘心為她消瘦。她恬靜地坐著、也
許這趟路程熟悉;不知道有多少人跟我一樣
望著她的雙手遐思……這雙白皙柔美的手……

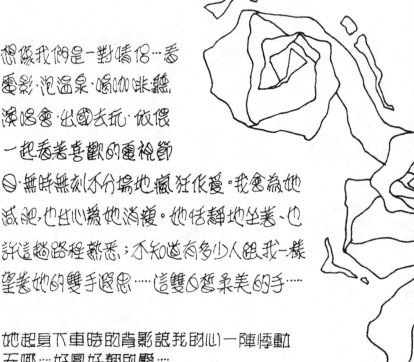

她起身下車時的背影跟我的心一陣悸動
天哪…好圓好翹的臀…
早該跟她搭訕的…
擊她的人應該很幸福,嗯…被柔軟的這雙手溫柔緊握…
啊…"性"福………

那雙手　輕輕柔柔　撫過我曾經有的痛
那雙眼　輕輕柔柔　看透我已破碎的夢
我不想只停靠在這口　我想停在你無波的港口
跟你撫慰我　跟你溫暖我　要你保護我

LA[喇賽]SIGH-那一雙手

你有小孩嗎?
我想‧有了小孩的父母‧才能感受到
扶養及教育小孩的辛苦!

上樑不正下樑歪

LA〔喇賽〕SIGH─上樑不正下樑歪(

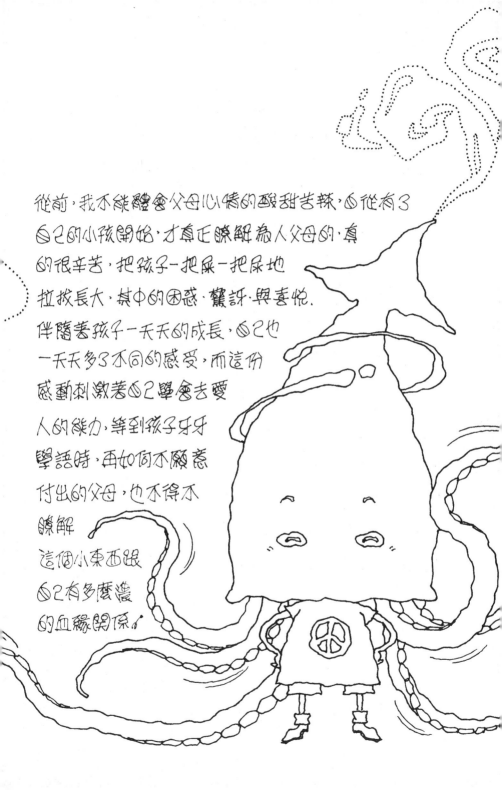

從前，我不能體會父母心情的酸甜苦辣，但從有了
自己的小孩開始，才真正瞭解為人父母的，真
的很辛苦，把孩子一把屎一把尿地
拉拔長大，其中的困惑．驚訝．與喜悅，
伴隨著孩子一天天的成長，自己也
一天天多了不同的感受，而這份
感動刺激著自己學會去愛
人的能力，等到孩子牙牙
學語時，再如何不願意
付出的父母，也不得不
瞭解
這個小東西跟
自己有多麼濃
的血緣關係。

父母親愛小孩是天性？我倒認為是一天一天學習的成果。
有人說第一個小孩照著書養，第二個小孩當豬養…
這並非個別待遇的不同，而是經驗日漸成熟。
以前，兄弟姊妹十幾個人的家庭一堆，也沒聽說誰餓死過，
做父親的工作一樣不變，收入沒啥增加，
小孩照樣養得白白胖胖的…在教育上也許差強人意，
但是窮苦人家的小孩未來成就不見得會比別人差，
幹律師，做總統的都有，這或許是…
從小到大的坎坷心路歷鍊出來的吧！
記得從前，如果你想欺負窮苦人家的小孩…
你就必須有接受螞蟻雄兵的攻擊的勇氣，體力，及耐力，
因為他們一定會全家總動員起來保護家人，
那種跟你豁出去了的決心…
像極了身體裡的白血球
自動結集起來全力消滅外來入侵的病菌……。

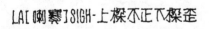

LAI[喇賽]SIGH·上樑不正下樑歪

有一位家長接到了小孩學校導師打來的電話，說他的小孩在學校行為不檢，常○出髒話、惡言，甚至打同學，阿爸接完電話後急忙向公司請假，趕到學校去…
一進到導師辦公室見到了自己的小孩…二話不說：
「幹拎娘，呼你讀書，不是叫你來學壞，幹拎娘，你是看拎老爸工作不夠辛苦是不是…
幹拎娘，早知道就呼你去工廠做工了，擱讀啥冊…
幹拎娘…」嘴裡一邊罵著，一邊出手修理小孩；打爽了…
他轉頭請教已經被這種陣仗嚇壞了的老師：
「老書，偶棉這鍋小子，奏湊啥麼素，偶這樣中修理，應該口以了啦女？」
剛回過神的老師怯生生的說：
「你的小孩就是喜歡一邊動手，一邊罵別的同學粗話，就…就跟您剛才的…動作是…是一樣的…。」

那位父親剎那間臉紅得無地自容……。

我們常說：言教不如身教。父母親是孩子從小模仿的對象，有什麼樣的父母便會直接影響未來會有什麼樣的兒女；有什麼樣的長官，就會有行事差不了多少的部屬。如果公司裡沒有一位強而有力又絕對要求且自律甚嚴的精神指標，這個企業不管現在有

多麼的龐大，也總逃不過面臨瓦解的那一天。

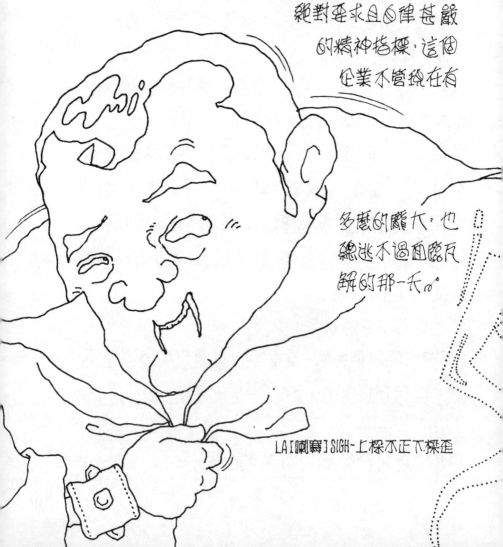

LA〔喇賽〕SIGH‧上樑不正下樑歪

超厚……m
超厚……m

所謂的刀竹出好筍，不也是強烈的溫差變化，崎嶇不平的環境裡，才得以造就出的，不是嗎？

現在父母把一切交給了老師，對於頑劣的學生，老師又不能打駡，最後，學生越來越屌，老師越來越膽小，不負責任的家長越來越強勢，環境越來越白痴！

三隻小豬是成語．亡羊補牢是口頭語
刺你媽是歇後語．過河拆橋是倫理
偷拐搶騙做生意．睜眼瞎話是真理
歪門邪理我最行．榮華富貴至靠傷天害理

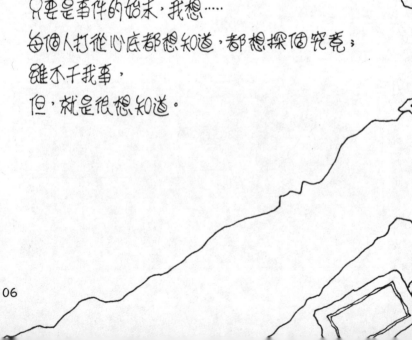

狗仔文化

人，天生都會好奇。奇怪的事，不懂的事，
有趣的事，危險的事，
沒營養的事，八竿子打不著事不關己的事，無聊的事，
醜事，壞事，臭事，糗事，喜事，悲事，
過去事，新鮮事，
只要是事件的始末，我想……
每個人打從心底都想知道，都想探個究竟；
雖不干我事，
但，就是很想知道。

LA[刚毅]SIGH-狗子文化

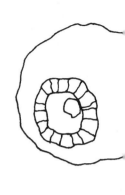

不知道從什麼時候開始，隱私權常被人們掛在嘴邊，
好像不這麼說，就沒有辦法維護屬於
自己那塊最私密的空間，也因為如此，家……
就變成我們最後一片可以遮蔽隱私的所在。
我想，一般的平民百姓，都是敞開大門及心胸，用熱情的笑臉
迎接每一位進門的客人或朋友，
一起分享歡樂甜美，也一起分擔苦痛憂傷………。
家，是個可以療傷止痛的地方。
家，也是個能讓我們重整勇氣再度出發的地方。

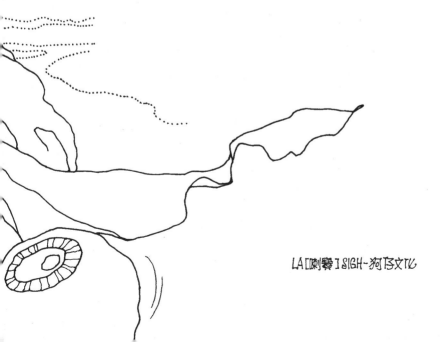

LA〔啦〕SIGH～狗孩文化

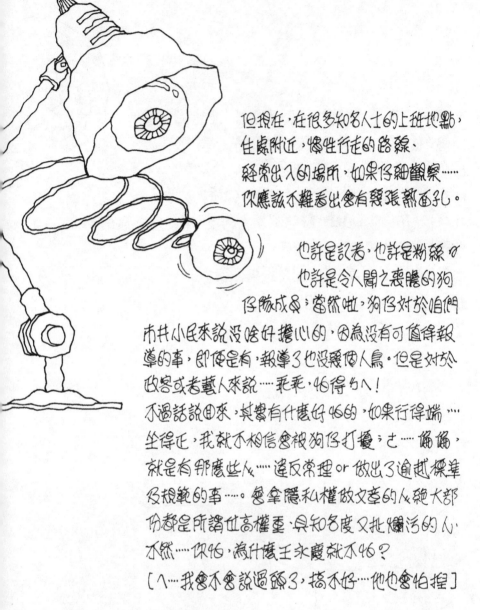

但現在，在很多知名人士的上班地點，
住處附近，慣性行走的路線，
經常出入的場所，如果仔細觀察……
你應該不難看出會有幾張熟面孔。

也許是記者，也許是粉絲，
也許是令人聞之喪膽的狗
仔隊成員；當然啦，狗仔對於咱們
市井小民來說沒啥好擔心的，因為沒有可值得報
導的事，即使是有，報導了也沒幾個人鳥。但是對於
政客或者藝人來說……乖乖，46得ㄌㄟ！
不過話說回來，其實有什麼好46的，如果行得端……
坐得正，我就不相信會被狗仔打擾；ㄜ……備備，
就是有那麼些人……違反常理 or 做出了逾越標準
及規範的事……會拿隱私權做文章的人絕大部
份都是所謂位高權重、具知名度又批爛污的人，
不然……你46，為什麼王永慶就不46？
[ㄟ……我會不會說過頭了，搞不好……他也會怕捏]

LA [喇賽] SIGH - 狗仔文化

打個比方，某位官員搞3P、某位黨豪蟲趴搞吸毒、
某位民代內線交易搞股票、某位政府高層內神通外鬼搞沙石、
某位士紳三妻四妾3還搞通姦……
諸如此類以政治之名或高知名度之便，行賊人之手段的，
小弟絕對舉雙手贊成狗仔衛隊隨侍在旁，
幫我們這些可憐又無力的納稅義務人監督著，
因為咱們錢賺得慢，沒他們快，所以也沒那種美國時間資，
有3狗仔隊……嗯，我還真的覺得很不錯。

當你正在做一件對你而言，再也平常不過的事情時，
旁邊有人用審視的眼光盯著你……我想……你一定感覺渾不自在的，
那就更何況那些儘從事一堆狗屁倒灶勾當的傢伙。
公眾人物擁有的一切，除3他本身的努力之外，
其他都是社會所賦予的，他的言行舉止
影响並帶動社會風潮，更常成為大家的
依循指標，有狗仔盯著，真好……。
隱私權算啥？
不然……有種來比窮嘛，靠！！

這個社會，慢慢的變了……

……雪中送炭變成傷口抹鹽，錦上添花變成逢迎拍馬
見到對方的傷口，馬上像蒼蠅一樣，
嗜著血，順便產個卵……
恨不得馬上給他臭，給他爛，給他個永不超生才會爽；
我不敢想像我們的下一代會……變得怎樣？

怎麼會這樣　我不敢回頭想
從小立下的願望已經慢慢地變淡
日曆天天翻　年紀也漸漸長
曾經夢中的理想也收進我心裡藏

每天期待天早亮　每天期盼夜晚經
相見時間會更長　相握的手就更暖
許多話想對妳說　好多歡笑想分享
擁有妳更多時光　但我只能期待
妳心回轉

LA[圓寶]I SIGH — 狗仔文化

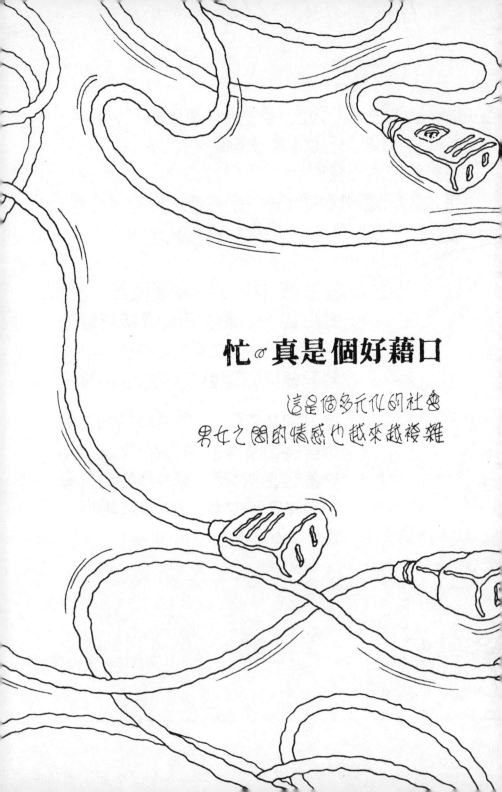

忙，真是個好藉口

這是個多元化的社會
男女之間的情感也越來越複雜

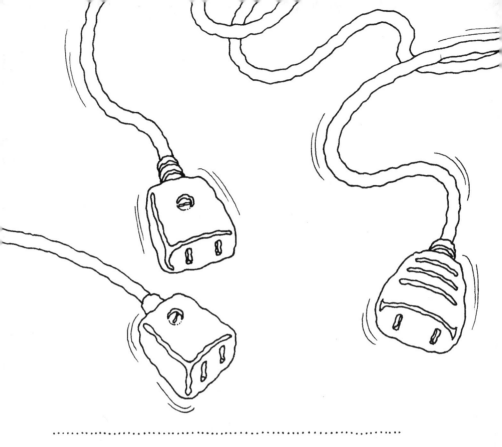

女的没有男人陪，男的没有女人睡
有人為了女友太多而煩惱
有人為了三角畸恋而疯狂
在感情世界裡，台灣的男人亂得可以，但是…
　就是有人可以置身於狂暴慌亂之外
　忙，是個相當好用的脱身藉口

LA〔喇賽〕SIGH～忙，真是個好藉口

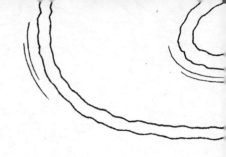

老婆打電話來，幾點到家？想吃什麼菜？「喔！老闆要我加班，有國外的客戶要來，可能晚點才回家。」

小外婆打電話來，今天晚上想跟你抱抱。「喔！家裡小朋友今天生日，或是爸爸生日、老媽生日，陪祖父下棋、陪姑婆聊天，表姐她先生的大媽媽的小兒子相親要我陪著去。」……什麼藉口都想得出來，只要一個"忙"字，就可以把許多該處理的情感急件，或是其他狗屁鳥事一堆三五六推出離自己三公里之外……。

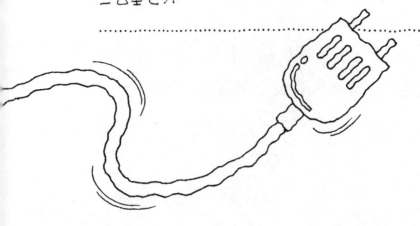

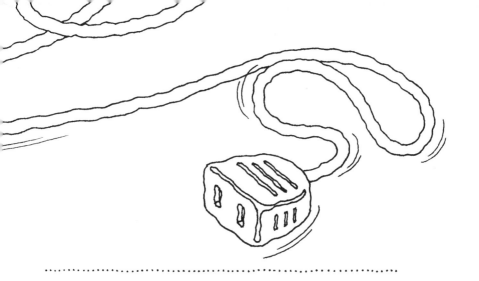

男人忙起來，偷吃的時間和機會就來了。跟老婆說：「我很忙」⇒忙著在MOTEL跟小外婆溫存；跟小外說：「我很忙」⇒忙著跟同事方城之戰；跟老闆說：「我很忙」⇒忙著跟朋友在茶館玩牌打屁；跟教友說：「我很忙」⇒忙著跟潛伴在周日的早晨下海玩水……。

越忙的人，他的生活就越多彩多姿。

越忙的人，他的身體就會越來越虛弱。

越忙的人，距離天國的腳步肯定不再遙遠。☞

LA〔喇賽〕SIGH - 忙，真是個好藉口

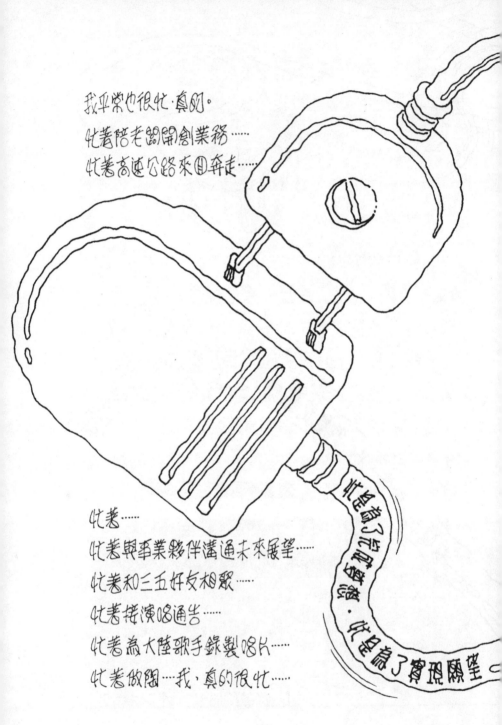

我平常也很忙，真的。

忙著陪老闆開創業務……

忙著高速公路來回奔走……

忙著……

忙著與事業夥伴溝通未來展望……

忙著和三五好友相聚……

忙著接演唱通告……

忙著為大陸歌手錄製唱片……

忙著做陶…我，真的很忙……

忙是為了完成夢想，忙是為了實現願望……

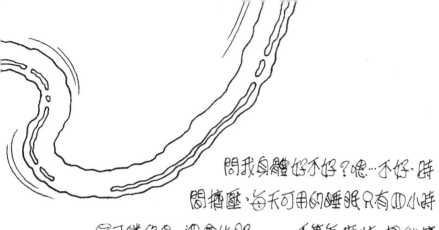

問我身體好不好？嗯…不好．時間擠壓，每天可用的睡眠只有四小時最可憐的是…還會失眠……。不管怎樣忙，想做壞事還是有辦法的；如果你朋友跟你說他忙死了．不要戳破他，只需微笑地對他說：身體保重了…。

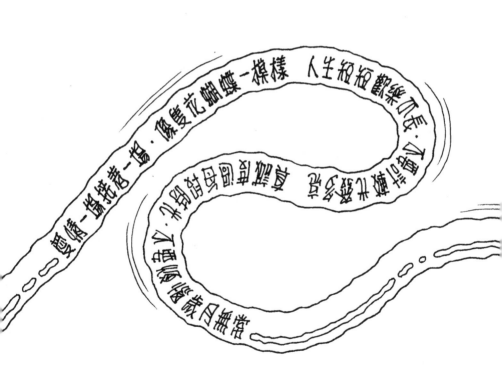

遺憾一場接著一場．像隻花蝴蝶一樣　人生短短幾樂而長．又喝無助任愛年又無助任愛年．喜歡的人已經沒有名字　喜歡唱歌的歲月又無助任愛年

LA〔喇賽〕SIGH．忙，真是個好藉口

我是個上班族─不正常上下班的一族。

聚少離多

每天早上九點進辦公室，下班或放下工作的時間
大概是晚上的十一、二點左右；又有時得到別的
縣市出差，所以工作時間的長短及上下班的地點
通常不固定。聽起來就像居無定所的業務員、
或是一個貨物配送員，
更像是個全省跑透透的貨車司機。
我卻甘之如飴，最主要是我也不喜歡
被固定在一張桌子前面的上班型態♂
從事的工作項目雖然繁雜，
但我真的很快樂。
也還好我心愛的老婆人在上海，
不然像我這樣的工作模式，
她看了肯定會很心疼的♂

LA[喇賽]SIGH-聚少離多

結婚二十多年，早就習慣有她在身邊的日子；吵吵鬧鬧也好，相親相愛也好，每天都能為生活注入一些生命力；我覺得相敬如賓的日子不一定適合每個人，生命當中有著風風雨雨可以讓人年輕、有活力些，至少會有努力活著的感覺，如果每天只有"您好""我好""我出去了""我回來了"……的斯文勁兒，倒不如有些情緒波動後的平靜，更令人珍惜。

但是這種聚少離多的日子卻會在夜深人靜的時刻給人痛苦的煎熬。以前下班回到家通常會先發一陣牢騷，老婆會一旁陪著聽我說一堆廢話，接著為我分析事情的輕重，讓我受傷的心有被撫慰的平靜感，能夠重新振作，明天再幹。

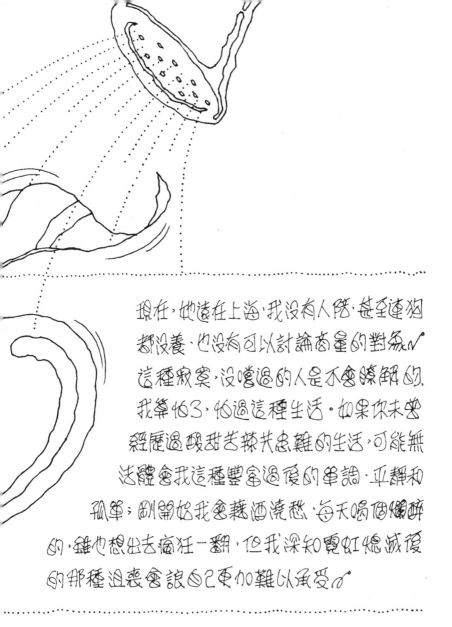

現在，她遠在上海，我沒有人陪，甚至連狗都沒養，也沒有可以討論商量的對象。這種寂寞，沒嚐過的人是不會瞭解的，我害怕了，怕過這種生活。如果你未曾經歷過酸甜苦辣共患難的生活，可能無法體會我這種豐富過後的單調、平靜和孤單；剛開始我會藉酒澆愁，每天喝個爛醉的，雖也想出去瘋狂一翻，但我深知霓虹熄滅後的那種沮喪會讓自己更加難以承受。

LA[喇嘮]SIGH-聚少離多

123

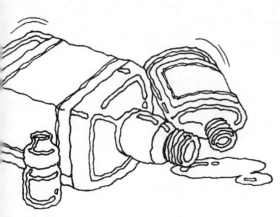

她遠赴上海創業，也是我全力支持的，過現在這種
日子我自然不能怪誰。因為一個女人在經過了
十幾年的休息後生命又重新燃起創業的渴望，
深愛她的我當然不忍心澆熄她的熱情與期望，
誰教人生就只有這麼一回？！一旦年老的時候·
恐怕會悔恨自己沒努力以赴度過這一生。

不知道是不是自己想太多，只知道當你深愛著，
就願意完全付出·完全支持。儘管我們聚少離多，
但也給了彼此很多自我努力及思考的空間，
期望年老時，我們依然能夠帶著濃郁的情感，
手牽著手，一起走向未來白髮的歲月。

LA〔喇琴〕SIGH-聚少離多

124

不是說好夫唱婦隨的嗎？怎麼去了上海就得把房子賣掉？不問我該住哪？不問我捨不捨得下？不問我父母該如何？不問我孩子該怎辦？

未來的前途‧就靠你一句話
生活怎麼過‧從來不用愁
你只想到你要的生活
我孤單又寂寞‧不在你考量中
小孩的成長過程……
你一一都錯過
你只是想要過……
你喜歡的生活

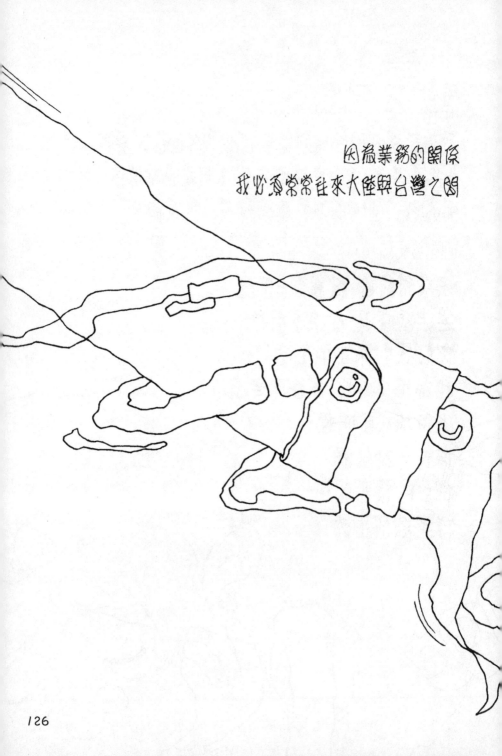

因為業務的關係
我必須常常往來大陸與台灣之間

也因為工作
有幸認識了很多不同工作性質的好朋友
無論大陸人也好,台灣人也罷
我所結交的朋友都變知己的,這些朋友也都在各自
領域中擁有屬於自己的一片天空.

台灣人

LA[喇嚷]SIGH·台灣人

商場上，每個人都有一套自己應對客戶的方法。先說大陸的朋友吧！到公司去拜訪他時，他會非常客氣地接待你，接著帶你去一一認識各階層主管，並且會探詢式的請教你是否有需要改進的地方？這個時候你會深感他們虛心求教的精神真的很棒！因為他們缺乏的就是經驗。你可千萬不要低估了他們的能力，因為大家都是黃種人，突破困境的能力是超強的，只要知道了任何產業的know how，就能擺脫逆勢展現積極成功的能力，而且窮怕了的同胞正無所不用其極的多方吸收台灣的成功經驗♂

在大陸·有相當多的台灣商人因為可被利用的周邊資源被大陸的台籍人全部取代後·帶著悔恨痛苦·絕望失落的心回到台灣·以東莞地區為例·有太多的失意台商仍滯留於此·要不沒臉回故鄉·要不就是回台之後必須直接面對龐大債務問題而寧願滯留他鄉·選擇逃避之外別無他法·甚至有的人連買一張回台機票的能力都沒有⋯⋯這是千真萬確的！不要以為我只是在說笑！

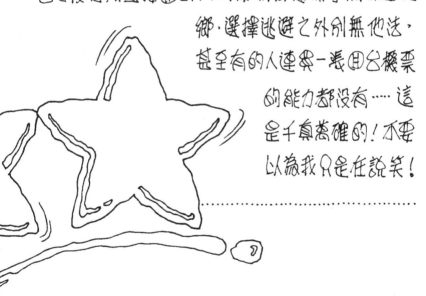

LA[喇賽]SIGH-台灣心

再舉個有意思的例子：一位在台灣成功經營過餐廳的人，集資前往大陸再操本業，期待另創新局，但可能因為市場定位偏差的關係，生意一直未能突破，而他開店的資金主要來自於銀行，也就是貸了款，再加上好友某化湊的錢，為了不至於血本無歸，他打了電話給在台灣的另一位朋友，藉口是：他的父親在美國重病，急著把餐廳脫手，才好到美國照顧重病的父親，並說餐廳生意好得很，要不是為了年邁無依的爸爸，他說什麼也捨不得放棄；最後還要求他這位朋友親自來觀察以証明他所言不假。恰巧這位友人也正好想投資個什麼生意來的，兩人就約定了時間前去觀摩。在一個禮拜的觀察日子裡每天都是客滿，而且常來光顧的熟面孔還真不少。他心想：這餐廳能夠維持那麼多的老顧客，表示各方面應該都很不錯吧⋯⋯！就這樣持續觀察了15天後，這位台北過去的朶肥簽下了這家餐廳的轉讓契約 ♂

LA[喇叭]SIGH·台灣飛

他心裡暗自竊喜：這店面還很新，根本不用再花什麼錢來整修，就明天開著等客人上門就好囉！第二天不意外的，又是用餐時間一到就一堆客人上門，客人坐上位置就不疾不徐地詢問：你們今天還有沒有教親睦鄰的免費招待餐可以吃呀？台灣去的這位呆胞當場…昏倒…

在中國大陸做生意要如履薄冰，要以他們的思維來做事，如果您依然用財大氣粗的生意模式，小心點，不只是大陸人，連台灣人都會想挖個洞誘你跳的

梅蘭 梅蘭我愛你，你跟我的人生有自信
大江南北的美女，看見你就濃情蜜語
我願為你豁出去，三匹四匹我都很願意
說我擁有男子氣，財大氣粗有什麼不可以

作者／李明德
銀河網路電台主持人·廣播電台主持人
詞曲創作者·唱片製作人·陶藝家·唱片音樂總監
擅長演唱：中文·英文·日文·閩南語歌曲

當稿子全部交出去的那一剎那心裡開始發毛··這些內容真的可以見光嗎？得罪了朋友該怎麼是好？老婆看了後一定不能避免的先來一陣毒打「你癢啦你！什麼東西不好寫·非得寫這種嗎？以後出門人家會說因為我跟你慾求不滿你才會寫這種文章發洩，你是覺得家不夠溫暖是不是？還是···這些都是你的經驗談？說！你今天跟我說清楚·說！」·····

為了讀者·我們可是冒著被誤會及生命的危險·把一些別人的私密事件做一個轉述罷了；雖然我們每個人都是一個個體·然而一起相處時就必需雙方都努力去營造愉悅·安全·舒適的情境·才能維持著合諧互動··不致改變；記住·是雙方都必需去努力的·····

結婚後·女人會說：找到了一張長期飯票；男人則講：找到了一個心的停泊港。；但·不花盡心思努力經營·就很容易因此破局了不是？！

哎…說那麼多，並不會改變待會兒可能慘遭皮肉之苦的命運…我認了，為了花了錢買這本書的你們…我願意承受的，嗚……

1980 金韻獎優勝唯一男性。
1985 巨將唱片發行／少年阿辛電影主題曲專輯；同年在國父紀念館舞台劇《一張唱片的故事》擔任主角。
1987 益友唱片發行／《我的愛》專輯．光美唱片創作歌曲。
1989 太笙唱片發行／《彩虹的夜晚》專輯。
1991 全美唱片發行／《其實我不想放棄》
1992 全美唱片發行／《四個朋友》合輯。
1992 全美唱片發行／《堅持》專輯。
1992 入圍金曲獎年度最佳作詞獎《一天天一點點》。
1993 全美唱片發行／《蒐集》民歌專輯。
1995 太笙唱片發行／《溫柔的孤獨》專輯。
1998 乾坤唱片發行／《鄉村二人組》專輯。
1999 瑞星唱片發行／《音樂磁場》15~22集。

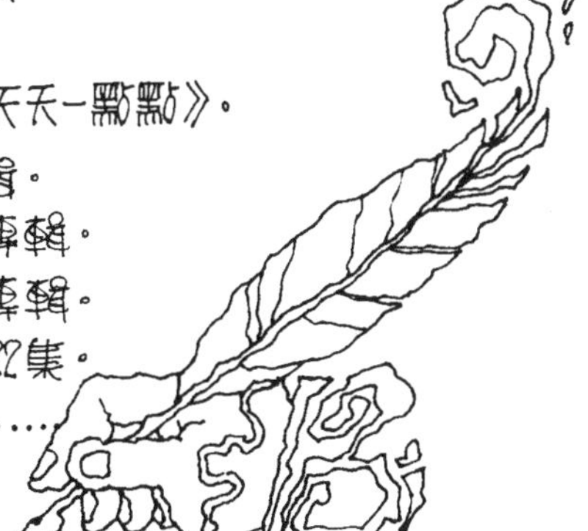

總老/劉鑫鋒
個人藝術工作者·寵物調解委&會業務理事
擅長：吞劍·走鋼索·跳火圈

想培養文學氣息？　你得去看殺柿比亞，或是大小種馬……
　　　　　　　　　這在古典文學區。

想增進夫妻情感？　喂喂夫人不稀，推理專區裡的精琇
　　　　　　　　　伊也變適宜。

想參透兩性問題？　聽過襟墅這個人嗎？在牛馬區不難
　　　　　　　　　找到·個人偏好日系……

想擴展事業版圖？　休閒類專跟區有幾本教人變魔術的
　　　　　　　　　很不錯……

想激勵&工士氣？　加薪二分之一會有三天效果，加薪一倍
　　　　　　　　可以延長到兩周…，減薪剁可以讓&工
　　　　　　　　離職前都兢兢業業……

想緩和同事情誼？　在他的電腦植入木馬程式，可以讓你
　　　　　　　　　更瞭解他，選訊區有不少可供參考……

想改善生活品質？　移民火星是不差的考量，專家一致認
　　　　　　　　　為那裡適合居住，這在科技類可找到

想 精神獲取全勝？ 耶…這就有点難了，這種事需要天份
的。不過沒關係…你今天出運了，特別
跟你推薦 這本 La Sigh，包你自 high 程度
遠勝小不西，超越杜正聖……さ…岡……

作品曾發表於：聯合報／中國時報／中時晚報
時報週刊／台灣日報／自由時報
尖端出版《英雄世紀》秋之卷
探索文化《記憶台中》
平安出版《名人談保險》
五觀出版《社區藝術管理》
天下遠見《生活科技》
天下文化《阿辜的歷史故事》
天下文化《波特萊爾大遇險》系列1~13輯
行政院衛生署《健康達人125》
行政院研考會《我的E政府》代言人物設計
台灣原住民數位博物館《兒童版》人物

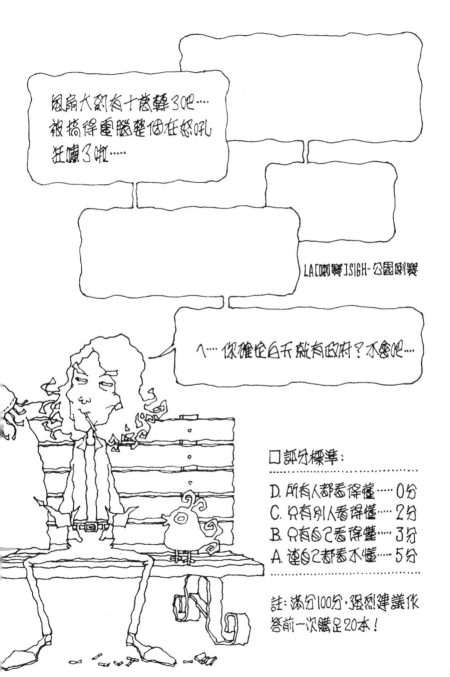

LA[喇賽]SIGH-公園喇賽

LA【喇賽】SIGH

喇賽館 X-701

作　者／李明德：你們編輯會不會把我的文字修改太多了好？說什麼我毀了善良風俗、亂了社會風氣、壞了出版社的專業形象…有嗎？我有嗎？？

編　輯／郭婉玲：其實，這是花名（信不信由你囉）…編這樣傷風敗俗的書有人會用真名嗎？慘～，我的男性朋友、女性好友及兩性同行看到了，我…我…（驚嚇得忘記要說啥了！）

美術編輯／陳鶯萍：這本書不知道該編啥呀…內容全是固定的，還好有書碼可以排…什麼？書碼也是手寫的！#@$00XX$……

封面設計／印地安喬：What's wrong？？←（老外？？）

插　畫／劉鑫鋒：不干我的事…不干我的事…（兩個月來，只重複這句話:）

行　銷／黃信榮：給我差不多一點，我根本不在台灣耶…要我在東南亞地區沿街兜售嗎？

壹　叫／汪琧旺：終於完成了，這樣真的能過嗎？

壹　審／黎等詣：文…全部重寫，圖…全部重畫！

貳　叫／苗喵妙：管他的，原件送審！

貳　審／紫萊爾：文…全部重寫，圖…全部重畫！

N　叫／姬資洺：TMD XXX的…退退回來呀！

N　審／營乃綠：其實你們一直送錯地方了，我們這裡是紅茶店耶！

發行人／劉叔甾：書弄完後感覺有點像冤大頭，怎奈合約已簽、審查已過…嗯…只好給他出版了…不過，我還是想雞婆一下："LA SIGH"到底是什麼？
首先，這是法文嘆息的意思，夠深奧吧？這本書賣回家一定讓你哎聲嘆息，為什麼？當然是自愧不如囉！哎…；其次，中文 "喇賽"意思也差不多，"喇"是口中有一根刺，跟你說不出話來；"賽"是寒冷的寒加上個"目"，就是眼睛一看就會冷到直打哆唆，目瞪口呆，說不出話，全身發抖，冷汗直流，只能甘拜下風，La Sigh 而已……。最後，福佬話口語，我不會寫，發音就是"La Sigh"，啥意思明白吧？就是"聊天"，聊天也能出書？靠……

HE…HEHEE….

出 版 者　十力文化出版有限公司
地　　址　台中市南屯區文心路一段186號4樓之2
電　　話　04‑2471‑6719
統一編號　28164046
網　　址　www.omnibooks.com.tw
電子郵件　omnibooks.co@gmail.com
書　　名　LA SIGH 喇賽
出版日期　2007年9月15日
版　　次　第一版第一刷
書　　號　X701
定　　價　220

通南彩色印刷有限公司

ISBN 978‑986‑83001‑6‑3

國家圖書館出版品預行編目資料

喇嘛 / 李明德作. ──第一版. ──台中市:十力文化
封面:14.8×21公分. 2007.09

ISBN 978-986-83001-6-3 [平裝]

855   96016786

力
土
化
文

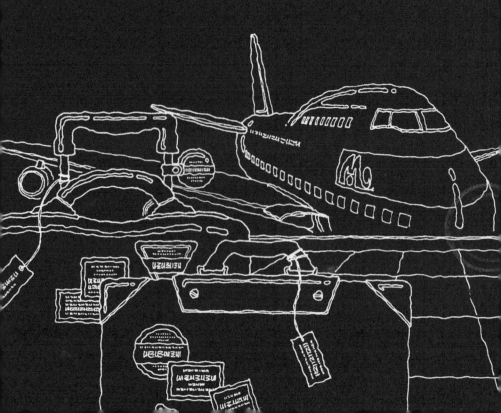